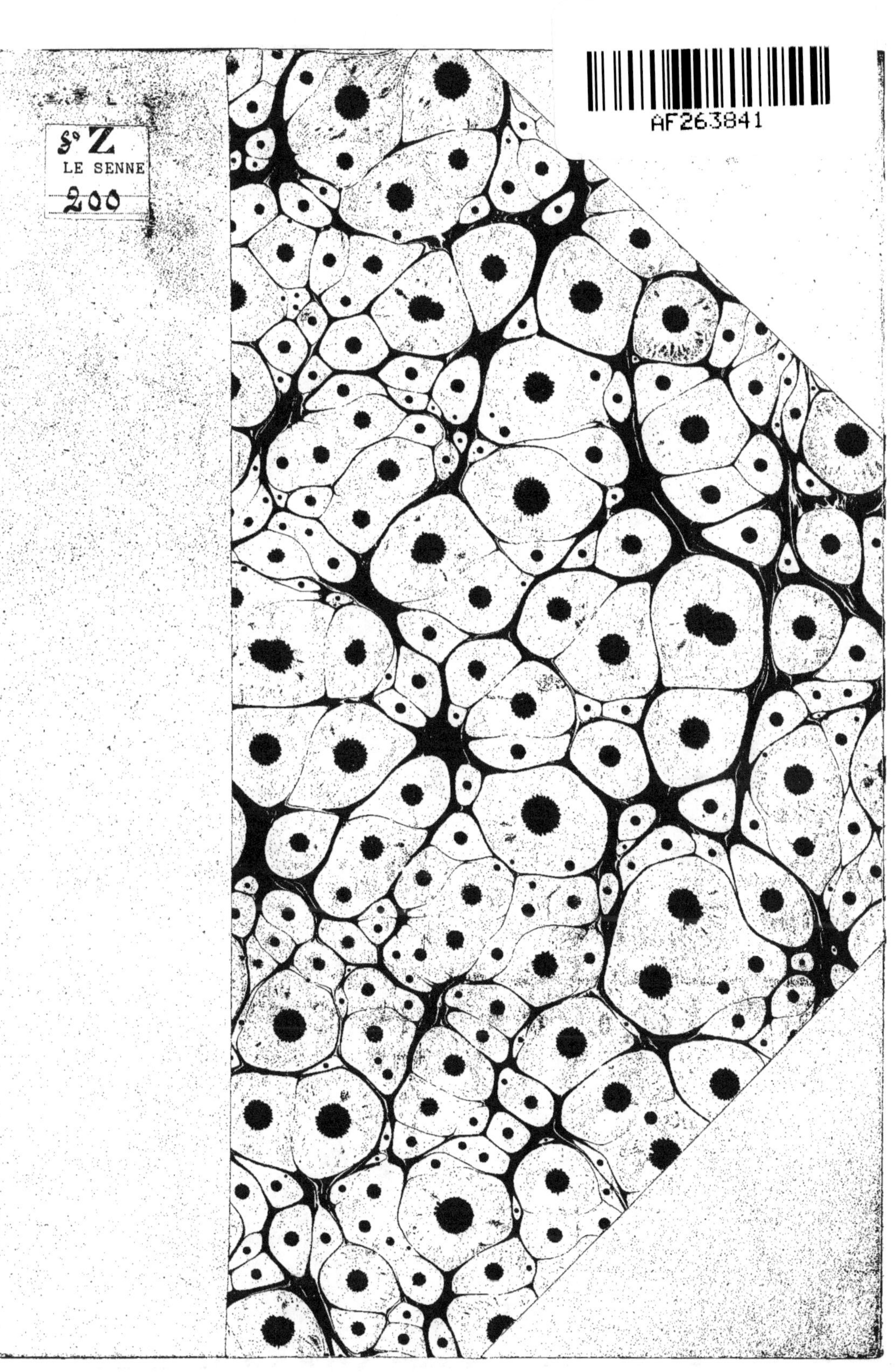

DEUXIÈME CENTENAIRE

DE

PIERRE CORNEILLE

ALLOCUTION

PRONONCÉE EN L'ÉGLISE SAINT-ROCH, A PARIS

LE 1ᵉʳ OCTOBRE 1884

DEUXIÈME CENTENAIRE

DE

PIERRE CORNEILLE

DEUXIÈME CENTENAIRE

DE

PIERRE CORNEILLE

ALLOCUTION

PRONONCÉE EN L'ÉGLISE SAINT-ROCH

LE 1er OCTOBRE 1884

PAR

M. L'ABBÉ MILLAULT

CHANOINE HONORAIRE, CURÉ DE SAINT-ROCH, A PARIS

PARIS

CERCLE DE LA LIBRAIRIE

ET DE L'IMPRIMERIE

ALLOCUTION

DE

M. L'ABBÉ MILLAULT

Messieurs,

Ce n'est pas sans quelque émotion que je prends en ce moment la parole devant cette nombreuse assemblée des princes de l'esprit français ; je le fais néanmoins avec confiance ; car si, dans le cours de ma vie, j'ai eu souvent besoin d'indulgence, c'est toujours auprès des maîtres que je l'ai trouvée.

Rouen, Messieurs, s'apprête à rendre à la mémoire de Corneille de légitimes et solennels hommages ; mais si Corneille est né à Rouen, il a vécu à Paris, il y a travaillé, il y a produit ses immortels chefs-d'œuvre, il y est mort; il était paroissien de Saint-Roch, ses restes reposent dans les caveaux de cette église: il était donc impossible que nous le missions en oubli. J'ajouterai que si Corneille était un grand poète, c'était aussi un grand chrétien; et qu'il était bien juste que la religion qui honore les lettres et qui bénit ses enfants fidèles ne restât pas étrangère à ces glorieuses manifestations.

Lorsque, Messieurs, j'eus la pensée de célébrer, dans mon église qui était aussi la sienne, un service solennel à l'occasion du deuxième anniversaire centenaire de sa mort, je n'avais d'abord qu'un but : honorer cette grande mémoire et satisfaire à mes sympathies personnelles. Mais, Messieurs, vous avez voulu vous joindre à moi, prendre part à cette cérémonie religieuse et manifester par votre présence les sentiments qui vous animent. Je vous en remercie et je vous en loue.

Corneille embrassa d'abord la carrière du barreau; mais, quoi qu'il fît, plaidant pour les intérêts même les plus humbles, il entrait comme malgré lui dans des considérations si hautes, il avait des vues si larges, des aperçus si profonds, son style était si pompeux et si magnifique, qu'on oubliait bientôt le mur mitoyen :

peut-être lui-même quelquefois n'en parlait-il pas assez, et souvent il perdait sa cause. Il sentit bientôt qu'il faisait fausse voie, il se tourna vers les lettres, vers la poésie française, et dès lors il ne marcha plus que de succès en succès, de triomphe en triomphe.

Je n'ai pas qualité, Messieurs, pour le suivre dans sa carrière dramatique; mais ce que je puis dire, c'est que lorsque je le lis je suis enthousiasmé et souvent obligé de m'arrêter, ravi que je suis d'admiration. J'admire dans *le Cid* l'expression du plus chaste amour et les élans du plus généreux patriotisme; j'admire dans *Polyeucte* toutes les délicatesses du cœur, toutes les tendresses, toutes les intrépidités de la foi. Ah! les larmes me viennent aux yeux quand je lis ces vers du monologue de *Polyeucte* :

Saintes douceurs du ciel, adorables idées,
Vous remplissez un cœur qui vous veut recevoir;
De vos attraits sacrés les âmes possédées
Ne conçoivent plus rien qui les puisse émouvoir.
Vous promettez beaucoup et donnez davantage;
   Vos biens ne sont point inconstants,
   Et l'heureux trépas que j'attends
   Ne vous sert que d'un doux passage
   Pour nous introduire au partage
   Qui nous rend à jamais contents.

Quelles beautés, Messieurs, quelles pensées célestes !
Mais, revenons à notre héros lui-même. Il ne fallait plus
à cette grande âme que le calme profond et serein des
vérités éternelles, et il consacra à la poésie religieuse
la verve encore vigoureuse de ses dernières années.

Il se reprochait quelques vers, peut-être trop tendres,
écrits dans sa première jeunesse ; il s'en accusa et son
confesseur lui donna pour pénitence de traduire en vers
français les trois premiers chapitres du premier livre
de *l'Imitation de Jésus-Christ*. Il le fit par devoir ; mais
bientôt il s'affectionna tellement à ce travail, le public
reçut avec une telle faveur ces premiers essais, qu'il
traduisit *l'Imitation* tout entière, puis l'office de la
sainte Vierge, les Sept psaumes de la pénitence, et enfin
toutes les hymnes du Bréviaire romain. Ce n'est peut-
être pas toujours le Corneille du *Cid* et de *Polyeucte*,
mais c'est toujours le grand Corneille ; écoutez ces
quelques strophes de l'hymne des Matines :

> Seigneur, par le sommeil nos forces réparées
>   Du lit dédaignent les douceurs :
>   Entends, des voûtes azurées,
> Et le concert des voix et le zèle des cœurs !
>
> Que ton nom le premier sorte de notre bouche ;
>   Que notre ardeur n'aille qu'à toi ;

Qu'aucun autre objet ne la touche :
Sois son premier souci, sois son dernier emploi.

. . . .

Daignez, Père éternel, nous faire cette grâce;
Et vous, Homme-Dieu Jésus-Christ,
Qui régnez dans l'immense espace
Où comme Vous et Lui règne le Saint-Esprit.

Ces accents étaient les sentiments de son cœur, la prière remplissait sa vie, et, quand il fallut mourir, il s'en alla dans la paix.

Je vais terminer, Messieurs, mais je voudrais le faire par quelques paroles exclusivement sacerdotales et qui s'adressent directement à vos âmes.

Saint Augustin, chargé de chefs-d'œuvre, se trouva un jour inquiet sous leur poids. Il les cita tous longuement et sévèrement à sa barre, puis il prit la plume et écrivit le plus beau, le plus touchant de ses ouvrages, le livre de ses Confessions, le livre de son repentir. Messieurs, ce sont là les procédés de l'honneur et du génie. Il y a ici une foule d'hommes considérables à qui Dieu a départi, à mains pleinement ouvertes, les dons de l'intelligence et les fortes facultés. Au milieu des agitations d'un siècle sans repos, s'il était arrivé à quelqu'un d'entre eux de laisser tomber de ses lèvres, de sa plume, de sa vie, quelque parole, quelque écrit, quelque acte que sa conscience ne pût absoudre, qu'il se rappelle maintenant le noble, le glorieux privilège que Dieu a accordé à l'homme, et à l'homme tout seul : le pouvoir de se repentir. Messieurs, c'est une pensée de foi qui vous a amenés ici ; dans quelques instants Jésus-Christ va s'élever au-dessus de vos têtes, et, devant sa douce Majesté, vous inclinerez vos fronts. Ah ! qu'à ce moment solennel s'échappe de vos cœurs un cri, une prière, une espérance ; souvenez-vous alors de cette parole que Jésus-Christ a répétée tant de fois dans le saint Évangile : *Celui qui se tourne vers moi, je ne le repousserai jamais.*

IMPRIMERIE PILLET ET DUMOULIN
RUE DES GRANDS-AUGUSTINS, 5, A PARIS

Typ. Pillet et Dumoulin.